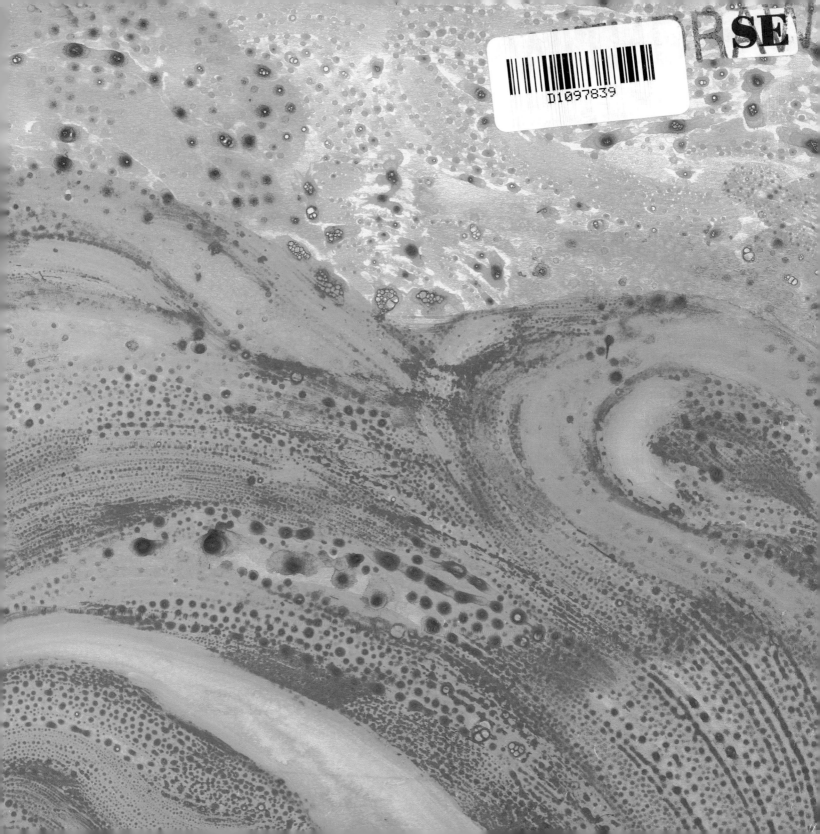

Para Vishnu Priya... y para todos los que plantan árboles

Colección **libros para soñar**

© del texto original: Tim Bowley, 2005
© de las ilustraciones: Inés Vilpi, 2005
© de la traducción: Casilda Regueiro, 2005
© de esta edición: Kalandraka Editora, 2005
Avión Cuatro Vientos, 7 - 41013 Sevilla
Telefax: 954 095 558
andalucia@kalandraka.com
www.kalandraka.com

Diseño: Ana Barros
Impreso en C.A. Gráfica - Vigo

Primera edición: Mayo, 2005
D.L.: SE-1080-05
I.S.B.N.: 84-9638-813-1

Jaime y las bellotas

Tim Bowley   Inés Vilpi

kalandraka

Jaime plantó una bellota, pero...

antes de que pudiese crecer,
una ardilla la desenterró y la escondió.

Jaime plantó una bellota.

Germinó y brotó de la tierra, pero...

un caballo la pisoteó y la aplastó.

Jaime plantó una bellota.
Germinó y brotó y creció, pero…

una cabra se la comió.

Jaime plantó
una bellota.
Germinó, brotó
y creció y creció, pero...

CRCRAC

unos niños se columpiaron
en el arbolito cuando aún no era fuerte

y le rompieron las ramas.

Jaime plantó una bellota.
Germinó, brotó y creció y creció y creció
y se hizo un árbol, pero...

alguien lo cortó
para hacer fuego.

Jaime plantó una bellota.
Germinó, brotó de la tierra,
creció y creció y creció y creció
hasta que se convirtió en un gran roble.

Ahora muchos pájaros viven en sus ramas.
Jaime y sus amigos se sientan
bajo su sombra en los días de sol.

Y cada año miles de bellotas

caen de sus ramas...

Las ardillas esconden algunas.

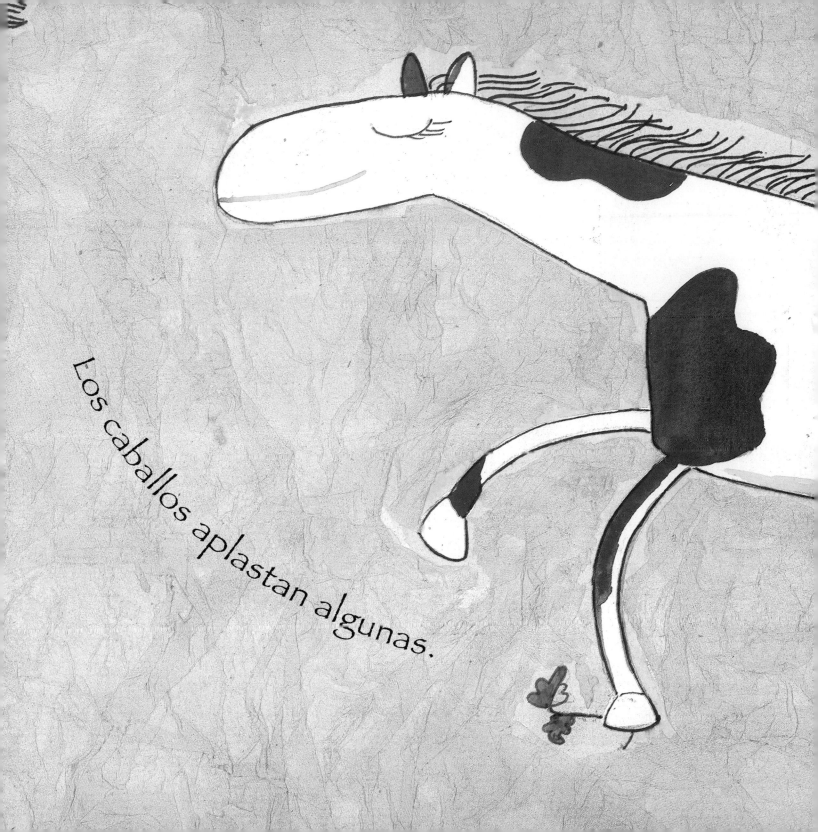

Los caballos aplastan algunas.

Las cabras se comen algunas.

Los niños rompen algunas.

Algunas crecen hasta ser árboles y

entonces los cortan para hacer leña.

Pero algunas crecen hasta convertirse
en hermosos robles
que cada año nos dan...,

¡miles de bellotas!

Y algunas...